청소년 시선
010

너는 아직 어른이 돼 보지 않았지만

박희선

고등학생 딸들에게, 중학생 아들에게

시인의 말

누군가는 자라고, 누군가는 지켜본다.
그 두 자리가 모두 내 자리였다.

세 아이의 엄마로
수많은 아이의 선생으로 살아오며
나는 성인이 되기 전의 순간이 얼마나 찬란한지 본다.

세상과 처음 부딪히며 울고 웃는 그 시간 속에서
너희에게 건네고 싶은 말들이 마음에 자꾸 피어났다.
그래서 지금, 이때가 가장 좋은 때라 믿는다.
아이였던 나와, 아직 아이인 너희에게
시로 이야기를 건넨다.

2025년 11월
박희선

차례

1부 엄마 어릴 적 이야기 하나 해 줄게

2부 엄마 말도 좀 믿어 볼래

3부 학교 가려고 횡단보도 건널 때

4부 우리 엄마 이름은

5부 네 품에서 네가 잘 컸구나

시인의 산문

독서활동지

1부

엄마 어릴 적 이야기 하나 해 줄게

어떤고

엄마 어릴 적 이야기 하나 해 줄게

아버지가 훌쩍 떠나 버리고
엄마랑 덩그러니 남았을 때

고등학교 입학 원서를 두고
일반고에 갈 것이냐, 특성화고에 갈 것이냐
고민이 깊었다

나는 그냥 평범하고 성적도 보통인데
일반고에 가야 하나?
갑자기 아빠가 사라지는 특별한 일이 생겼으니
특성화고에 가야 하나?

일반적인 것 같은 내가 특성화된 건 또 뭘까?
일반적이지도 그렇다고 특성화되지도 않은 나는
어떤 고등학교에 가야 하나?

너라면 어떻게 할까?

어떤 고?

어떤고

닭 다리

치킨 배달이 오면
닭 다리 하나는 언니 거
또 하나는 남동생이랑 가위바위보
언니는 기숙사에 있어서 집에 있는 날이 별로 없으니
닭 다리 절대권자
나와 동생은 치열한 경쟁

그래서 엄마는
두 마리 치킨을 주문
언니 하나
나 하나
동생 하나
아빠 하나

엄마는 평생 닭 다리는 싫단다

뒷배가 좋아

엄마가 어렸을 때는
우리 아버지 산소가
동네에서 제일 높은 산 위에 있어서

해 질 녘 어둠이 내려와도
후미진 곳에 귀신이 나타난다고 해도
무섭지가 않았어

내 등 뒤에서 아빠가
나를 지켜 주고 있다고 믿었거든
그것만으로도 든든했어
뒷배가 좋다는 건 이런 걸 말하는 거야

너희에게 금수저를 쥐여 주지는 못해도
내가 든든한 뒷배가 되어 주마
보이지 않는 뒤에서
지켜봐 주고

기다려 주고

응원해 주는
좋은 뒷배가 될게

우리들의 무심천

엄마가 고등학생이던 때
버스를 마다하고 부러
친구들과 무심천 돌다리를
오래오래 건너고
육거리를 들러 시내에 갔지

무심천 돌다리는
장난치며 내딛는 한 칸 한 칸에
추억이 쌓일 만큼
웃음이 터져 나오던 길이었어

봄이면 벚꽃이 흐드러져서
카메라를 들고 청춘을 남기고
순한 봄바람 속을
자전거 페달을 밟으며
숱한 꿈들을 흩날렸지

지금도 봄이 되면
벚꽃 사이로 피어난

네 또래 아이들, 청춘들이
카메라에 분홍빛 추억을 담는 걸 보면
내 어릴 적 그림인 것만 같아

30년을 거슬러 가도
30년이 지난 후에도
무심천은
우리의 청춘 사진을
똑같은 액자에 담아 줄 거야

박하 아닌 민트이고 싶어
— 병원에 다녀온 엄마의 독백 1

내가 암에 걸렸다는 말을 들었을 때
온몸에 박하 향이 번져
피가 식은 바람을 타고 도는 것 같았다

한때 유행하던 민트 초코 향이라면
달콤하고 시원하게 터트리며
온 동네 소문이라도 냈을 텐데
촌스럽게 박하 향만 터졌다
괜스레 맵기도 하고 코끝이 찡해서
심장이 유난히 빨리 뛰기도 했다

설렐 것 없는
민트도 아닌 박하 향에
가슴이 뛰고
눈물을 찔끔거리는
주책없는 날이었다

별의별 날
— 병원에 다녀온 엄마의 독백 2

조직 검사를 마치고 돌아오는 날
결과가 나오는 일주일이
십 년은 되는 것 같아

아직 입시도 못 치른 딸들과
군대도 보내야 하는 아들에게
수능 날 도시락도 못 싸 줄까 봐
입대 날 눈물 배웅도 못 할까 봐
결혼식에 혼주 자리가 비어 있을까 봐
손주가 태어나면 산바라지는 누가 해 주나

별의별 걱정은
암보다
무섭고
서글프고
아팠다

투병 투정
— 병원에 다녀온 엄마의 독백 3

암세포가 온몸에 번질 때까지
그저
소화가 잘 안 된다고만 하던
미련스러웠던 엄마처럼
되기 싫어서

속이 이상한 것 같아
자꾸 어지러워
얼굴이 노래진 것 같아
매일 아픈 곳을 하나씩 찾아내며
투병하듯 투정 부리다가
어느 날
암 진단을 받고
진짜 아픈 내가 되었을 때

좀 피곤해서 그래
쉬면 괜찮아
말수가 적어진다

입시생 첫째가
엄마 바라기 둘째가
사춘기 셋째가
눈에 밟혀서
심장이 바닥으로 곤두박질쳐서

정북토성
— 병원에 다녀온 엄마의 독백 4

엄마, 노을 지는 정북토성에서
빠알간 추억을 쌓던 날이 그리워요
발그레 웃던 미소
반짝이던 눈빛
마주 잡고 걷던 그림자
그리고 하늘에
소나무와 엄마랑 손잡고 걷는
내 그림자만 담았던
세상에 하나밖에 없는 그림

이번에 빨간 추억을 다시 그리고 싶은데
노을만 남기고 진
석양이 된 엄마를 어떻게 그릴까요

엄마의 엄마

큰외삼촌 댁에 외할머니 제사를 지내러 가는 날
엄마는 오늘도
네 친구 중에 외할머니 없는 아이는 너뿐이지?
안쓰러운 눈으로 물어보신다
있어 보지도 않은 외할머니
없는 느낌도 알 길이 없어서
그럴걸
이라는 답에 엄마의 눈꼬리가 한없이 내려앉는다
나는 괜찮은데 엄마는 내가 왜 그리 안쓰러울까?
내가 엄마가 없는 것도 아닌데

엄마가, 엄마의 엄마가 없구나

외할머니의 엄마

엄마, 엄마가 나에게
다음 생에 누구의 엄마가 되고 싶냐고 물었지?

물론 엄마의 엄마가 된다고 해야겠지?
그래야 엄마가 나처럼 똑같은 딸이 되어 혼내 줄 테니
그래도 엄마의 사랑을 듬뿍 받은 나니까
엄마에게도 좋은 엄마가 될 거야.

그런데 엄마, 아쉽지만 난
엄마의 엄마, 외할머니의 엄마가 될래
외할머니가 고생을 많이 하셨다면서
그리고 일찍 돌아가셔서
엄마가 늘 그리워하잖아

외할머니의 엄마가 돼
사랑 많이 주고 키울 거야
아프지 않고 오래 살아
외손주들과 행복하게 살게 할 거야

무럭무럭

딸아, 아들아!
무럭무럭 자라 주어 고맙다
이제 너희는 너희가 가야 할 길을 가라

나는 무럭무럭 잘 늙어 갈 것이니
저만치 발갛게 노을 지며 늙어 가는
긴 석양을 그저 아름답게 봐 주면 될 것이다

안타깝거나 서글픈 눈으로 보면 안 된다
노을이 짙을수록 잘 저문다는 뜻이다
무럭무럭 빨갛게 질 것이다

2부

엄마 말도 좀 믿어 볼래

두 달 생일

울 엄마를 잃은 날
내게로 와 준 딸
무너져 내린 세상에서
뱃속의 너마저도 손 놓고
하염없이 울기만 하던 나에게
짓눌린 세상을 뚫고 나와
손을 잡아 준 너

예정일을 두 달이나 먼저 달려와
넘어진 나를 일으켜 세워 준 딸
한 시간이 멀다 하고 맑게 웃어 주고
하루가 멀다 하고 성큼성큼 자라 주어서
엄마가 시간 시간 떠나가는 것도
하루하루 멀어져 가는 것도 잊고 살게 해 준 너

매일 새로운 날을 선물해
매일 이별하는 날을 잊게 해 준 딸
엄마 기일이 되면 네 생일을
두 달 내내 축하할 거야

아직 못 부친 편지 1
— 딸에게, 그리고 아들에게

아빠 지갑 속에 너는
유치원생, 중학생, 고등학생이기도 해
돈이 들어왔다 나가며 지갑은 낡아지고
돈은 있다가도 없다가도 하지만
너는 오래 또 새롭게 끄떡없이 살고 있어
그것도 가장 깊고 소중한 곳에

엄마 보물 상자 속에 너는
할머니 댁 지붕 위에 얹어진 젖니가 되어
오랫동안 반가운 까치를 불러들이고
탯줄도 손톱도 배냇저고리도
세월이 지날수록 더 새롭지

아빠 지갑 속에, 엄마 보물 상자에 담겨
언젠가 엄마 아빠가 사라진 세상에서도
너희는 다이아몬드처럼 단단해져 빛날 때까지
울지 말고 힘차게
오래도록 새롭게 있어 줘
알겠지? 엄마 말 꼭 기억해

아직 못 부친 편지 2
— 엄마에게 쓰는 편지

_____

_____

_____

_____

_____

_____

_____

_____

_____

_____

_____

_____

_____

_____

_____

엄마 말도 좀 믿어 볼래

너는 아직 어른이 돼 보지 않았지만
엄마는 어려 봤잖아
너처럼 어렸을 때는 나도 몰랐는데
나이 들어 가며 어렸을 때가 그립더라
너의 지금이 푸르고 맑아서 좋아
넘어져도 발딱발딱 일어서는 청춘이 부럽단다

너는 늙어 보지 않았지만
엄마는 젊어도 봤잖아
학교 가기 싫고 친구랑 노는 것만 좋고
엄마 잔소리는 싫고 친구랑 수다는 좋지
늙어 가며 엄마는 학교에 다시 가고 싶고
기억이 흐린 할머니를 젊은 엄마로 만들어
다시 티격태격 말다툼하고 싶어

꼰대라고 해도 괜찮아
엄마 말도 좀 믿어 볼래

나이 들어 보면, 늙고 나면

뒤늦게 알게 되는 게 있어서
제발 내 말 한번 믿어 보고
더 푸르게, 더 빛나게 살아 보길 바라

꿈의 엔진

아들이 두 발로 걷기 시작하면서부터
시동이 걸린 엔진은 남달랐다

발바닥에서 시작한 발동이
달리기로는 성에 안 차
자전거 드리프트로 도로에 남긴 스키드 마크는
아슬아슬하게 엄마 마음 곳곳에 근심 자국을 새겼다

발바닥 엔진이 심장까지 가는 동안
드리프트보다 강력한 사춘기를 겪고
다리는 길을 잃고 헤매기도 하겠지?
그러다

마침내 심장에 다다르면
그 엔진은 열정이 되겠지?
사랑을 하겠지?
꿈이 되겠지?
삶이 되겠지?

매일 새로 태어나는 아들

새로 낳은 아들이 대여섯 명은 되는 것 같다
갓 태어나서 품에서만 고요하던 아들이
세 살이 되니 발바닥에 모터가 달린 양 품을 벗어나고
일곱 살이 되어 미운 오리 대장이 되더니
또 열네 살, 북한도 무서워 못 쳐들어온다는 중2병이
되어
하루하루 새롭게 태어나고 있다

세상과 부딪혀 껍질을 깨고 싶은 병아리로
훌쩍 큰 키만큼 날개만 커지고 날지 못하는 새로
작은 불씨에도 금세 타오르는 성냥개비로
구름 속에 갇혀 빛나고 싶은 애처로운 달로
제 그림자도 거꾸로 세우려는 반항아로
태어난다
매일 새로 태어난다

내일도 새로 태어날 아들을
또 새롭게 맞이할 수 있을지

굳은살

이팔청춘 꽃다운 나이라고
웃기만 해도 해사한 내 딸

어릴 적엔 연필, 크레파스를 잡고
온몸, 온 방, 온 세상에
꿈을 그리고 색칠하더니
중학생이 되고 또 고등학생이 되어
이젠 세상을 그림으로 그리는 꿈을 꾼다

뭘 해도, 무엇을 꿈꿔도 좋은 나이라고
그림 그리는 모습만 봐도
세상을 다 예뻐 보이게 하는 딸

보드라운 손을 맞잡은 날
곱디고운 줄만 알았던 네 손이
이제는 물감과 붓을 잡고부터
가운뎃손가락이 휘어지고
단단하게 굳은살 박인 걸 보고
예쁜 나이, 고운 손에

이게 웬일이냐며 호들갑인 엄마에게
굳은살이 자랑스럽다고
이게 내 영광이라고
양손을 한껏 치켜세우는 딸

그 굳은살이 만든
단단한 마음으로
오늘도 네가 그리는 그림은
가장 든든한 세상이다

배신한 노력이 주는 기회

때로는 배신하는 노력이 있을지 몰라
그렇다고 네가 그만큼 간절하지 않았던 건 아니잖아
노력하지 않았던 것도 아니잖아
노력이 배신한 게 아니라
이제 좀 쉬라는 걸지도 몰라
숨 한번 고르고 나면 다른 길이 있다는 걸지도
네가 진심으로 최선을 다해 봤다면
이제 그걸 놓으면 다른 것도 할 수 있다는 기회

꺾어 놓은 꿈

햇살에 웃고 바람에 춤추는
길가에 핀 꽃을 꺾어서
화병에 꽂아 놓지는 않으려고 해

몇 날이 그림처럼 예쁘더라도
시든 네 꿈이 말라 가는 것을
볼 수 없을 것 같아

햇살도 바람도 없이 말라 버린
꽃잎이 꿈을 잃고 바스러지는 걸
두고 볼 수는 없어

네 꿈을 꺾어다 박제할 수는 없지
햇살과 바람 속에서
풍경이 되면 좋겠어

너를 위한 기도

학교에 결석하지 마라
공부 열심히 해라
친구들과 사이좋게 지내라
선생님 말씀 잘 들어라

네게 전하고 싶은 마음은 이게 아닌데
하나 마나 한 잔소리를 늘어놓고
그걸 네가 듣지 않는다고
또 분을 못 이겨 화를 내곤 한다

늘어난 욕심과 이기심이 뒤엉켜
분노가 되고, 그 분노가 부메랑처럼
내게 되돌아온다는 것을 알면서도

네 마음에 폭우가 내리고
장마가 지고 때론 태풍이 부는 걸 알면서도
그저 따뜻한 순풍이 불지 않는다고
나는 모질게 나무라기만 하지

그러하더라도
네가 구김살 없이
학교에 다니길 바라는 마음으로
오늘도 교복을 다림질해

누군가 내어 주는 따뜻한 차를
늘 식기 전에 마셔 주길
표현이 서툰 너지만
네 말마다 계절의 향기와 여운이 남길
네가 내딛는 발끝마다
작은 나비 한 마리 날아들길
바라

읽기 어려운 네 마음

시는
행과 행 사이
행간을 읽는 거라고
연과 연 사이
무수히 많은 이야기가
숨어 있다고 가르쳤다
읽어 내라고 했다

읽기 어려운 네 마음
헤아려 보려 해도
늘 오독이고 곡해다
비어 있는 눈
떨리는 입술
늘어진 어깨
사이 사이를 읽지 못하니

네 한숨과 한숨 사이
그 깊이 있는 시를
읽기가 참 어렵구나

3부

학교 가려고 횡단보도 건널 때

아직 못 부친 편지 3
— 친구에게

학원에서 저녁 시간에
네가 말도 없이 훌쩍
다른 친구와 밥 먹으러 갔을 때
머릿속에 가득했던 음식이 몽땅 사라지고
마음이 그렇게 허기지더라
나를 따돌리는 것 같아 너무 미웠는데
어제도 그제도 급식 시간에 나는
남친이랑만 밥을 먹으러 갔더라고
네가 급식을 안 먹은 것도 모르고

성적이 떨어졌을 때도
엄마와 싸웠을 때도
남친이랑 헤어졌을 때도
너는 나를 노래방에 데려가
분노의 샤우팅을 하게 해 줬지
공원 벤치에 앉아 오래오래
내 이야기를 들어 주던 내 친구

나의 가장 재미있고 가장 진지한 친구

엘리베이터

5층 건물인 학교 엘리베이터

> 학교 내 설치된 엘리베이터는
> 아픈 사람·임산부의 이동권 보호와
> 화물 운반을 위해 사용됩니다.
> 시민 구성원으로서의 양심을 지켜 주세요.

3학년 교실은 5층
2학년은 4층
1학년은 3층

1·2학년은 감히 올라오지 마라
무게가 더 얹어진 육중한 화물 같은 3학년에게
엘리베이터는 시민 구성원의 양심을 너그럽게 허용

아프면 안 되니까
이참에 임산부라 생각하자

떡두꺼비 같은 대학을 낳을 것이다

수시로 일찍 낳을 수도 있고
정시에 열 달 채워 낳을 수도 있다
이왕이면 눈에 넣어도 아프지 않을
대학을 낳을 것이다

어느 대학을 낳아도
세상 공주와 왕자 대학은 다 낳을 수 있는
임산부가 제일 낫겠다

다이어트가 어울리지 않는 달
— 보름달에게

독서실에서 집에 돌아올 때
맨날 고개를 처박고 걷는 날 불러 준 너
유일하게 같이 걸어 준 너

어떤 날은 어둠이 무서워 부리나케 달리고
어떤 날은 잠이 쏟아져 좀비처럼 발을 옮기고
어떤 날은 무거운 가방 때문에 어깨를 펼 수 없어서
어떤 날은 무심하게 추적추적 비가 내려서
네가 기다리고 있다는 것조차 잊은 날에도
너는 늘 저만치에서 날 데려다주었지

네가 살이 찌고 빠지는 것도 눈치채지 못하고
마냥 둥글고 밝게 웃는 날
대학 합격 소원을 간절하게 빌었지

오늘 밤에 마중 나온 너는 유난히 홀쭉해
아니, 절대 안 돼
맨날 다이어트해도 빠지지 않는 내 살을
네가 다 가져가서 둥글고 빵빵한 얼굴로

더 환하게 밝혀 주면 좋겠어

간절한 내 소원을 매일 빌 수 있게 해 줘

횡단보도

어릴 적 어린이집 가려고
횡단보도 건널 때
한 손은 엄마 손 잡고
또 한 손은 번쩍 들어
차에 멈춰 달라고 말했지

차는 내가 건널 때까지 기다려 주었고
엄마는 손을 더 꼭 잡아 주어서
하얗고 까만 횡단보도가
피아노 건반 같아
한 칸 한 칸 노래를 불렀어

지금은 학교 가려고
횡단보도 건널 때
한 손은 시간을 짊어지고
한 손은 무거운 가방 둘러메고
허둥지둥 뒤뚱거리지

하얗고 까만 횡단보도가

ON/OFF
합격/불합격 같아
까만 선은 절대로 밟지 않겠다는 신념으로
보폭이 좁아졌다, 넓어졌다
불협화음 속에
차들은 경적을 울려

반짝이는 증거

저에게 반짝반짝하다고 하는데
꽃이 피었다고 하는데
저는 자꾸 움츠러들어요

제가 어디에서 빛이 나나요?
어느 곳에 꽃향기가 번지나요?
어떻게 반짝이나요?

저는 저를 볼 수 없으니
그냥 반짝인다고만 하지 말고
제 빛을 증명해 주세요
볼 수 있게 해 주세요

화장을 안 해도
티셔츠만 입어도
반짝인다고 하는데
인서울 한 선배들은 진짜 빛이 난다고
다들 난리던 걸요

저도 빛나려면 공부만 해야 하는데
이미 저의 뇌는
숨조차 바쁘게 구겨 넣어
반짝이지 않은 지 오래
시든 지 오래예요

열여덟 저를 볼 수 있는 거울은
빛나는 저를 보여 주지 않아요

나를 운행해 보는 날

무작정 올라탄 버스에서는
어디에서 내려야 할까?

하차 벨을 누르지 않으면
어디에도 내릴 수 없을까?

내릴 곳이 없으면
자신의 목적지에 잘 내리는
누군가의 뒤를 따라 내리면
좀 덜 헤맬까?
사람들이 몰려 내리는 번화가에
섞여서 같이 내리면
좀 안전할까?

버스 타고 가면서
보게 되고 만나게 되는
창밖 경치를 보다가
사람들 이야기를 듣다가
생각에도 잠겼다가

그때 내려도 되지 않을까?
내렸다가 다른 버스로
갈아타 보는 것도
좋은 날이지 않을까?

거울을 보며 가위바위보

평생 거울을 보며
가위, 바위, 보를 하는 기분
죽도록 이겨 보고 싶은데
결코 이길 수 없는 싸움

나와의 싸움은
거울 앞에서
똑같은 가위, 바위, 보를 내면서
기를 쓰고 이겨 보려는
끝없는 경쟁과 도전 같아

이기려고만 하지 마
늘 비기면 오히려
더 큰 욕심도
더 큰 절망도
더는 없는 거잖아

우산을 잃어버리자

우산은 잃어버리는 맛이 있어
비도 잊고 살아야 반갑게 와 주고
때론 간절하게 찾게도 되지

언제 올지 모르는 비를 걱정하며
삼단으로 고이 접은 먹구름을
가방에 넣고 다닐 필요는 없잖아
가늠하며 골머리를 앓는 날보다
흠뻑 맞고 다 씻어 버리고 나서
바싹 말리는 개운한 날도 있을 테니까

오지 않은 걱정을
짊어진 무게는 잃어버리고
좋은 날 만나자
비 오는 날이 나쁜 날은 아니니까
비 오는 좋은 날 만나

갱년기 대 사춘기

오늘도 얼굴이 붉게 달아오른 엄마는
몸속의 화를 과격하게 뿜어내고
온몸에 마그마를 품고 있는 중2병 남동생은
터질 듯 눈에 힘을 주고 문을 걸어 잠근다

굳게 닫힌 아들 방문을
굳이 열겠다고 용쓰던 엄마는
갑자기 쏟아지는 소나기 울보가 되고
타격 없는 엄마의 잔소리지만
머지않아 큰 공격을 받을 것 같은 동생은
길을 잃은 뒤집힌 나침반이 되었다

두 활화산이 말로 붙인 화염은
마음까지 까맣게 태우고는 휴전하지만
매일 불똥이 튀는 화산 옆에서
여기저기 구멍 나는 것은 아빠와 나

2병

동생은 중2병
나는 고2병
엄마는 52세병
도대체 2병은 뭘까?
이 병은 백신도 없고
나을 것 같지도 않은데
집안이 온통 2 바이러스로
서로 격리하자며
방문을 굳게 잠근다

방역은 최대한 강력하게
각자의 영역에 침범하지 못하게
접근 금지 표지판을 걸었음에도
52 바이러스는 자꾸 문을 두드리고
밥과 약을 제공한다
가장 센 52 바이러스는
접촉하고 싶지 않은데 말이다

저기서 핀 꿈

네 꿈이 무어니?
가수예요
저기 코인 노래방에서 명곡이 탄생했다

네 꿈은 뭐니?
화가예요
저기 스케치북에서 명작이 피어났다

네 꿈은 무얼까?
선생님이에요
저기 교과서 속에서 명강이 시연됐다

네 꿈은 뭘까?
프로 게이머예요
저기 PC방에서 명플레이가 펼쳐졌다

너희의 꿈은 무엇이니?
회사원, 의사, 플로리스트, 요리사……
저기 학교에서 학원에서 독서실에서 운동장에서 집에서

천지가 노래요
그림이요
꽃밭이어라

한번 꽉 문 마음은 절대 놓을 수 없는
너희가 여기저기서 피었으면 좋겠구나

4부

우리 엄마 이름은

헐크의 여름

엄마 손등에 파란 힘줄이
불끈불끈 솟아 있다
잔소리에 목청이 천둥소리 같으니
힘이 장사임이 틀림없다
헐크임이 분명하다
곧 어벤져스가 될지도 모른다

언니는 7월, 나는 다음 해 8월에
낳았다는 엄마가
한여름에 몸살이 났다고
이불을 뒤집어쓰고 오돌오돌 떨며
앓고 있다
헐크도 병이 나네

엄마 손등에 힘줄이
쭈글쭈글 앓고 있다

엄마 손등에 새겨진 계절이
여름인가 보다

엄마의 이름은 박희선

우리 엄마 이름은
정민이 엄마가 아니라
박희선입니다

노란 장미가 피는
8월 5일이 생일입니다

어릴 적 꿈은 작가였다고 합니다
엄마가 그 꿈을 이룬 것 같아
얼마나 멋진지 모릅니다

작가가 되지 않았더라도
우리 엄마인 것만으로도
자랑스럽습니다

요즘 박희선 씨는
다이어트를 한다고 합니다
잘 먹어서 살이 찐 게 아니라
일하고 우리 챙기느라

정신없이 먹고
운동할 틈도 없어서
그런 건데 말입니다

이제 박희선 씨가
우리보다 자신을 먼저 챙기고
엄마 자신을 위한 삶을 살아
마음에 살이 많이 쪘으면 좋겠습니다
행복했으면 좋겠습니다
엄마, 박희선 씨 사랑합니다!

— 사랑스러운 딸 정민 올림

엄마의 이름은 _____

우리 엄마 이름은
_____엄마가 아니라
_____입니다

_____피는
_월 _일이 생일입니다

어릴 적 꿈은 ___ 였다고 합니다
엄마가 그 꿈을 _____
_____

_____ 되지 않았더라도
우리 엄마인 것만으로도
자랑스럽습니다

요즘 _____ 씨는
_____를 한다고 합니다
_____
_____

＿＿＿＿＿＿＿＿

＿＿＿＿＿＿＿＿＿＿＿

그런 건데 말입니다

이제 ＿＿＿ 씨가
우리보다 자신을 먼저 챙기고
엄마 자신을 위한 삶을 살아
마음에 살이 많이 쪘으면 좋겠습니다
행복했으면 좋겠습니다
엄마,＿＿＿ 씨 사랑합니다!

— 사랑스러운 ＿, ＿＿ 올림

취하지 않은 말

아침에 제일 먼저 출근하고
저녁에 제일 늦게 퇴근하는 아빠
더 늦는 날은
소주도 맥주도 데리고 오는 날

술 마시면 친한 척하는 아빠가
애교 부리는 아빠가 닭살이라
좀 모자라 보이는데
술을 마셔야 용기가 나는 아빠는
언제 이렇게 겁쟁이가 되었지

아빠가 마시는 술하고
내가 몰래 먹어 본 술은
뭔가 다르긴 한 것 같다

술기운을 빌려 온 말이
공부하기 힘들지?
용돈 많이 못 줘서 미안하다
뭐 먹고 싶은 거 없어?

아빠 열심히 살고 있다

아빠가 평소보다 말이 많으니
나도 한마디 해야겠어
한 방울도 취하지 않은 말

나도 아빠 좋아

정성 말고 물질

내 생일 선물은 아이폰이 좋겠어
아침 미역국은 패스
원래 아침은 먹지도 않는데
군이 끓이는 건 엄마의 의무감
저녁에 외식하자는 말은 거절
이미 친구들과 생파 예약
다 필요 없고
아이폰이나 현금이면 돼

엄마 생일 선물은 뭘 줄 거냐고?
당연히 엄마가 제일 좋아하는
사랑과 정성이 가득 담긴 편지

엄마가 갱년기인가?
이번 생일 선물은 편지 거절
옷이나 화장품 예약이란다
미역국은 엄마가 먹어야 하니
반드시 나보고 끓이라고 한다
엄마는 사랑과 정성이 최고 아닌가?

우리 엄마가 물욕이 생긴 걸까?
갱년기가 온 걸까?

엄마 생일 선물 사려면
용돈 좀 올려 달라고 해야겠다

멀리 가지 마세요

짧게 줄인 교복 치맛단을 더 늘이고 싶어
잔소리가 길어지는 엄마랑은
자꾸 사이가 더 길게 멀어진다

치마가 짧아지고 내 생각이
짧아졌다고 우기는 엄마랑은
대화가 짧아질 수밖에 없다

멀고 멀다
길고 길다

엄마와의 거리도 짧게 줄이고 싶은데
엄마의 길 잃은 걱정은 어디까지
멀리 가는지 모르겠다

싹둑
엄마와의 거릿단도
짧게 줄일 수 있을까?

화해 용어 사전

엄마의 잔소리
나의 말대꾸

딸 저녁밥 뭐 먹고 싶어?
김치찌개?
마라탕?

밥!
화해 용어 사전 등재

택배 선물

작은 말다툼에 또 방문을 걸어 잠근
딸의 방 앞에서 화해를 고민하다가
말보다 효과 빠른 특효약이 떠올랐어

진심을 전하기엔 택배만 한 게 없지
새벽 배송, 특송에 마음을 담아 보냈어
언박싱의 감동을 선물하고 싶었거든

진심은 잘 도착했지만
답장은 빈 상자로 돌아왔어
큰 걸 바란 건 아니었지만
상자 없는 빈말이라도 듣고 싶었던 게지

방문 밖으로 나와 있는 말 없는 상자
말 없는 상자에 마음은 담았겠지?
담았을 거야
빈 마음은 아닐 거야

참 잘 살 거야

엄마, 나는 대학에 가면
그 애랑 결혼해야겠어
그 애는 술, 담배 하는 아빠랑은 달라
나도 엄마처럼 잔소리하지는 않을 거거든
우리는 참 잘 살 것 같아

딸아, 아빠는 아마
대학에서 술, 담배를 배웠을 거야
엄마는 아빠를 만나서 잔소리가 늘었던 것 같아
그 애가 성인이 되지 않으면 좋겠다
그럼 우리 가족은 참 잘 살 거야

5부

네 품에서 네가 잘 컸구나

빈틈 사이 꽃밭

담장 밑은 유난히 꽃이 피기 좋아
바닥 보도블록과 이음새가 맞지 않아서
시멘트가 엉겨 붙지 못해서
그 틈으로 먼지가 차고
물이 지나고
흙이 차올라
작은 화단이 되지
그래서 빈틈이 있는 사람이 좋아

민들레, 제비꽃, 토끼풀꽃, 개망초
그 사이 풀들도 꽃 사이에서 제가 꽃인 양
꽁냥꽁냥 어울리지
그래서 사이가 있는 사람이 좋아

다르게 가는 길

굽은 그림자를 끌고
학교로 가는 너의 뒷모습을 본 순간
엄마는 처음 자퇴를 고민했다

네가 수없이 자퇴라는 말을 되뇔 때는
내 딸이 세상의 낙오자가 되는 것 같아
창피하고 싫었다
세상의 무게도 모르면서
가볍게 말을 내어놓는 나약함 같아
밉고 화가 났었다

쌓이고 쌓인 말의 무게가
내놓은 한마디가 자퇴라는 것을 알았을 때
안쓰럽고 애처롭기만 한 네게
엄마 자신이 부끄럽고 미안했다

누군가의 학교와
친구들의 학교와
네 학교가 다르다는 것을 알았을 때

네가 이해 안 될 이유가 하나도 없었다

굽은 그림자가 일어나
앞서 걷고 있는 모습을 본 순간
이제 너도, 나도 살았다 싶었다

달콤한 꿈

중학교에 입학한 아들에게서
달콤한 사탕 냄새가 풍긴다
오늘은 딸기, 어제는 복숭아
그제는 포도였던가
중학생이 되더니 입 냄새를 걱정하나
신경 쓰이는 여학생이 있나

하루하루 물만 줘도 자라는 콩나물처럼
어제보다 또 자라
나보다 키가 한 뼘이나 커졌어도
아기가 처음 교복을 입은 것처럼
그저 예쁘고 사랑스러운 아들이
신기하고 대견하기만 한데

과일 맛 사탕 냄새만 남기고
제 방으로 홀연히 사라진다
말도 없이 눈 맞춤도 없이
사춘기인가 하고 서운할 무렵
학교에서 걸려 온 전화

전자 담배 적발
학생부 지도

과일 사탕은 듣도 보도 못했던
액상 전자 담배
향긋한 아들의 향기는
뭉게뭉게 뜬구름 같은 담배 연기
내 속은 까만 잿더미로 타들어 가고
눈앞이 그저 희뿌연 세상이다

중학생이 되면 친구들 사이에서
세 보이고 싶었다고
잘나가는 일진처럼 보이고 싶었다는
아들의 몽롱하고 달콤한 꿈에
나는 학교에 잘나가는
아니 잘 불려 가는 엄마가 되고
한없이 약한 엄마가 되었다

피리 부는 소녀

교실이라는 커다란 통 안에서
구석에 움츠러진 그림자 같았던 소녀
숨조차 가늘게 내쉬던 소녀

그 소녀가 피리를 만나고
자기 안의 무겁던 시간을
조율하기 시작했지
드디어
커다란 숨으로
관대를 관통하는
우주의 소리를 내던 날

구석진 자리에 빛이 들고
그림자는 바깥으로
당당히 걸어 나갔지

한 음, 한 음
세상을 향해 소리를 내딛는
피리 부는 소녀

움츠러진 그림자, 무거운 시간
세상의 모든 어둠이 절벽으로 떨어지고

어두운 땅이 밝아진다
하늘에서 빛이 쏟아진다

독립

큰딸의 로망 자취, 독립

부동산 아줌마는
지방 학생 사정을 뻔히 알고
발 뻗고 팔 휘저으면
벽에 닿을 네모반듯한 방을
그럴싸하게 소개한다
거짓말 조금 보태면
소꿉놀이 방보다 조금 클까?

이 방, 저 방 똑같은 원룸을
이렇게 저렇게 다르다며
구중궁궐인 양 침이 마른다

딸 눈은 한없이 작아지고
딸 눈치를 보며
하염없이 서글퍼진다

서울살이 기죽지 않게 해 주겠다고 했는데

네모 방이 세로가 늘든 가로가 늘든
커질수록 치솟는 보증금, 월세에
꾹꾹 눈물을 욱여넣는다

서울살이 방 한 칸 얻어
꾸역꾸역 살림을 구겨 넣으며
딸은
자존심은 구기지 않으려 외친다

나 독립했어!

달천 맛집

아가,
할미가 달천서 올갱이 잡아 가꾸 꾹 끓였어
정구지 놓구 웅근하게 끓였으니깨 맛날 껴
서울은 이런 거 없잖어
그거 할미가 올갱이 많이 는 껴
맛있을 껴
아유, 얼매나 힘들 껴
지가 밥해 먹구 핵교 댕길라믄
진짜자 힘들 껴

엄마한테 정건이랑하고 나싱개도 캐서
얼쿼서 보내니깨 잘 먹구
햄버거, 라면 그런 거는
몸에도 안 좋구 머리도 나빠지는 껴
공부 잘할라믄 이런 거 먹어야 혀
기여, 아녀?

그니께 거, 저, 뭐,
너 하는 거, 그거. 그거 할라믄

밥 잘 먹구 이런 거 먹어야지
라면, 그런 거 먹으면 안 돼야
아유, 밥이나 잘 먹는 게
얼매나 힘들 게
서울서 핵교 댕길라믄

할머니, 감사해요
잘 먹을게요
걱정하지 마세요
할머니, 사랑해유

청주시외버스터미널

누군가는 돌아오고
누군가는 떠나가는
청주시외버스터미널

서너 달에 한 번
서울에서 내려오는 딸을 맞이한다
철 지난 옷을 한 보따리 들고 와
맞이할 계절의 옷을 다시 챙겨 간다
딸의 계절은 늘
한 계절 늦게 오고
한 계절 먼저 떠난다

맞이할 때는 설레고 기쁘다가도
떠나보낼 때는
저녁놀 지는 해처럼
눈시울이 붉게 물든다
맘 같아서는
번듯한 오피스텔
차 한 대라도 사 주고 싶지만

겨우 학비만 내주는 형편이
미안하고 안쓰럽다

버스 창문 너머 손 흔드는 딸
또 다짐한다
늘 넉넉히 안아 주겠노라고
이 기다림의 터미널에서
멀어질수록 선명해지는 뒷모습

내 품, 네 품

타지에서 자취하는 딸을 위해
방학 동안 밥이라도 해 먹일 요량으로
짐을 싸 들고 상경했다.
엄마 품에서 따스운 밥이라도 먹으면
서울살이 덜 서럽지 않을까

하루이틀 6평 원룸에서
밥이 익고 찌개가 끓고
도란도란 이야기도 소복이 담겼다

사나흘 엄마는 좁은 방에
몸을 맞추느라 몸살이 나고
연습실 간 딸은 원룸이 그야말로
룸, 잠자는 곳이었다

밥솥, 냄비가 나올수록 방은 좁아지고
그 밥에 그 찌개
배민이 때마다 맞춰 차려 주는 밥상에
엄마는 할 일도 해 줄 밥도 없이

종일 멀뚱히 앉아
딸만 기다리고

내 품에 있어야 할 것만 같아
안쓰럽기만 했던 딸을
혼자 두고 돌아갈 생각에
눈물이 났다가도
이제 제 품을 만든 것 같아
낯설고 서운하고

서울살이 마치고 가는 엄마
발걸음이 무겁지 않다
네 품에서 네가 잘 컸구나

그날의 딸

지인의 딸 결혼식에서
주책맞게 흐르는 눈물을 누르며
더 신나게 박수를 치는 건
슬퍼서가 아니다

한복 곱게 차려입은 어머니들이
분홍, 파랑 화촉을 밝히고
흰머리 숭숭한 아버지들은
아들의 입장에 어깨가 으쓱하고
딸과 입장하며 눈시울을 붉힌다
박수 치는 하객과
남모르게 훌쩍이는 이들은
모두 각자의 주마등을
웨딩 로드에 펼친다

그날의 딸은
혼주의 자리에 늙으신 아버지 대신
젊은 아빠, 큰오빠가 앉아 있어서,
눈물 바람이 그치지 않아서

쓸쓸하고 또 쓸쓸했다
그렇다고 서글픈 것만은 아니었다
그저 빈자리에 서성이던 바람이
내게로 와 잠잠해지길 바라며
벅차오르고 또 벅차오르는 날이었다

야누스*

세 남매의 싸움

멀리서 보면
아, 이런 비극이어라

가까이서 보면
너무나 웃긴 희극이구나

수박 한 덩이를 놓고
서로 더 먹겠다고 싸우는
대환장파티

* 로마 신화에 등장하는 앞뒤가 다른 두 얼굴을 가진 문을 지키는 신.

무심천

네가 작은 물길을 내었을 때
갈 곳 몰라 여기저기 길을 텄지
그렇게 정해지지 않은 곳으로 물이 흐르고
여러 갈래 중 한 길로 물이 자꾸 가더니
물줄기가 넓어지고 깊어지고 길어져서
작은 계곡을 이루더구나

좀 더 깊어진 물길은 강으로, 바다로 갈 거야
계곡을 이룬 네가 닿을 강이 어떨지 기대돼
바다에 닿을 때까지 때론 물살이 세지고 굽이치겠지
그래도 강심 깊이 흐르는 물길을
놓치거나 잃지 않고 마음을 다하면
푸른 꿈이 파도치는 바다에 닿을 거야

너의 물길이 무사히 바다에 닿길 바라며
오늘도 엄마의 가슴이 푸르게 일렁인다

천천히 빨리, 빨리 천천히

천천히 빨리 먹어
천천히 빨리 가

아침 등교 시간
지각할 것 같은 내게
엄마는 늘 천천히 빨리하란다

도대체 어떻게
천천히 빨리하냐고요
지각은 아침을 안 먹으면 그만
학교는 뛰어가면 그만인데
그런데도
빨리 먹어라, 빨리 가라
그런데 엄마, 천천히는 뭐야?

체할까 봐
뛰어가다 넘어지기라도 할까 봐
걱정하는 거지?

빨리보다 늘 빠른 엄마의 천천히
나도 천천히 빨리 새겨들을게

학교 가고 싶어

"학교 가기 싫어!"

"엄마도 학교 가기 싫어!"

아침마다 우리 집에서 벌어지는 소란이다. 우리가 학교에 가기 싫은 이유는 딱 하나다. 달콤한 아침잠의 유혹을 뿌리치지 못하기 때문이다. 그 이유를 제외하고는 나와 고등학생 딸 둘, 중학생 아들은 분명 학교에 가고 싶다. 적어도 현재 우리의 심정은 그러하다. 우리는 각자의 칠흑 같았던 학교를 겪어 봤고 또 다른 빛의 학교를 만나 봤기에 한없이 가볍게 학교 가기 싫다는 말을 아무렇지 않게 할 수 있다.

내 아이들의 학교는 각자의 사정이 있었다. 코로나19 시절에 중학교에 진학한 딸은 그 지난한 과정에서 방황하고 상처 입었다. 빨리 꿈을 찾고 싶었던 딸은 조급했고 그 모든 상황을 견디기엔 학교에서의 나날이 무의미했다. 친구도 사귀지 못하고 힘겨워하던 끝에 내린 결론이 자퇴였을 만큼 쉽지 않았다. 내가 가늠하는 것은 이 정도겠지만 아이의 세상은 아마도 매일매일 무너졌던 것 같다. 오래 참고 결정한 자퇴를 앞둔 날, 운명처럼 국악기 피리를 만나 꾹꾹 눌

러 담았던 감정을 소리로 토해 냈을 때 딸은 꿈의 세계를 만났고 학교는 제 꿈을 펼쳐서 보여 줄 세상이 되었다. 그때부터 딸에게도 학교는 가고 싶은 곳이 되었다.

아들의 학교는 거칠었다. 중학교에 입학하기 전까지 또래 여자아이들보다 신장이 작고 저체중이었던 아들의 목표는 오로지 세 보이는 학생, 일진 같은 학생이 되는 거였다. 소위 일진 형들을 따라다니며 비행에 동참했고 스스로 어깨를 으스댔다. 하지만 가출까지 시도한 아들의 일탈은 다행히 새벽녘이면 어김없이 집으로 돌아오는 귀소 본능을 잃지 않았다. 지금도 다행인 건 그때의 비행이 다른 누구에게도 피해를 주지 않고 오로지 가족에게만 걱정을 준 것으로 끝났다는 것이다. 다른 사람을 아프게 만들지 않아 참으로 감사한 일이었다. 그렇게 일진 아닌 일진 행세를 하고 싶던 자신의 모습이 부끄러워진 아들은 학교에 가기 싫어졌다. 하지만 그때 아이를 기다리며 지켜봐 주고 끊임없이 일깨워 주신 선생님들과 끝까지 믿어 준 친구들이 있었기에 지금 아들에게 학교는 가고 싶은 즐거운 곳이 되었다.

나도 학교 가기를 좋아한다. 나의 어릴 적 꿈은 시를 쓰는 선생님이 되는 거였다. 그럼 나는 꿈을 이룬 거겠지. 지금 이렇게 시를 쓰고 학생들을 가르치게 된 건 정말이지 나에게 꿈만 같은 일이다. 나는 시골에서 국민학교(지금의 초등학교)에 다녔다. 그때 농사 좀 짓는다고 하는 집에는 경운기가 한 대씩 있었는데 우리 집은 경운기는 없어도 딸랑이 달린 자전거는 있어서 아빠가 자전거로 등교시켜 주어, 나는 학교 가기 좋아하는 소녀였다. 하지만 중3 봄날, 하루아침에 아빠가 돌아가시고 슬픔 뒤에 찾아온 두려움과 창피함에 학교 가기가 싫어졌다. 그때 나는 직감했다. 나는 앞으로 도시에 있는 고등학교에 갈 수 없고 대학은 꿈도 못 꿀 테고, 선생님이 되는 건 글렀다고. 예견대로 두 오빠는 모든 학업을 중단하고 군에 입대하거나 취업했고, 엄마는 혈혈단신 가장이 되었다. 하지만 나는 꾸역꾸역 공부했다. 그렇게 엄마의 희생을 업고 오빠들의 꿈을 외면한 채 학교에 다니며 시를 썼다.

엄마의 희생은 내가 가장 본받고 싶지 않은 유산이었다. 흔히 하는 말이 있지 않은가. 나는 엄마처럼 살지 않겠노라고. 조건 없는 사랑을 준 너무나 고마운 엄마. 그렇기에 희생만 한 엄마가 모든 걸 다 쏟아부어 소진한 몸으로 스러지고 말았을 때, 나를 두고 먼 서천으로 떠난 엄마를 원망하고 또 원망하며 그리워했다. 그도 그럴 것이, 내가 첫째를 낳고 이듬해 둘째를 낳기 직전 엄마는 손쓸 수 없는 고약한 암에 걸려 돌아가시고 나는 까맣게 타들어 갔다. 절망 속에 시들어 가는 내가 지켜 주지 못한 둘째는 예정일을 두 달이나 빨리 스스로 세상에 나왔다. 살기 위해. 하지만 그 아이는 자신을 살리고 나까지 살렸다. 슬픔에 북받쳐 비틀비틀

말라 가는 내가 더 이상 울지 않도록 매일 웃어 주었고, 하루가 다르게 잘 자라 주었기에 나는 아이에게 빠져들어 다른 것은 모두 잊은 듯했다. 매일매일 이별했던 엄마까지 잊을 수 있을 만큼. 지금도 둘째는 매일 그림을 그리고 그 고운 손에 굳은살이 박인 걸 영광이라고 뿌듯해하며 나를 미소 짓게 한다. 그 고마움에 나 역시 아이들에게 최선을 다하고자 하는 것 같다.

그런데 주변의 많은 사람이 내게 말한다. 아이들을 좀 내려놓고 나의 삶을 살라고. 나는 엄마를 많이 닮아 있었다. 세 아이를 키우며 이들에게 집중한 나머지 시를 쓰지도 않았고, 학생들을 가르치지도 않았다. 내 삶은 아이들이 전부였다. 어쩌면 잠시라도 아이들에게서 눈을 떼고 다른 생각을 하게 되면 나의 응어리진 슬픔과 그리움이 나를 집어삼킬지도 모른다는 두려움이 있었던 것도 같다. 하지만 나는 좀 영악했다. 이를 악물고 엄마처럼 희생만 하지는 않겠다며 아이들을 어린이집에 보내게 되었고 오히려 아이들은 또래의 사회에서 즐거움을 만끽했다. 나도 그렇게 다시 가고 싶었던 학교에 돌아가 학생들을 만나게 되었고 지금 우리 가족은 모두 각자의 자리에서 우당탕 우여곡절을 겪어내고 있다. 청소년이 된 아이들에게 빨래하는 법, 밥하는 살림도 스스로 익히게 하여 가끔 꾀병을 부리며 아이들 밥을 얻어먹기도 한다. 덕분에 서울에서 혼자 자취하는 큰딸의 살림 솜씨는 일품이다. 세 아이를 키우며 내게도 모진 병이 찾아왔을 때는 순간 엄마처럼 되지 않겠다고 마음먹었지만, 그 또한 엄마처럼 나도 혼자 음대 입시를 준비하는 큰딸, 내년에 입시를 치러야 하는 둘째 딸, 사춘기가 한 번은 더 오지 않을까 싶은 아들 걱정에 아플 겨를이 없었다. 지금은 아팠던 내 몸을 살살 달래며 가족들과 함께 더 순하게 살아가려 하니 한결 건강해지는 기분이다. 또 나의 엄마에게서 받은 귀한 유산, 아이들을 믿고 오래 기다려 주는 엄마의 모습은 다행히 잘 닮아 가고 있는 것 같다.

우리 가정에게만, 나에게만 대단한 서사가 있고 그걸 극복한 것처럼 말하지만 실상 어느 가정이나 가족이 겪을 만한 고비였다고 생각한다. 다만 나는 그 이야기를 시로 남기고 아이들에게도 그때 엄마의 심정과 진심을 전하며 함께 세상의 아이들과 공감하고 싶은 마음이 있을 뿐이다. 지금이 참 좋다. 아직은 내 손길이 필요한 아이들이 있고 내 온 사랑을 줄 시간이 있으니. 그리고 아이들이 그걸 온전히 다 받아 주고 있으니 말이다. 그리고 무엇보다 우리는 좀 더 단단해져서 모두 학교에 가고 싶어 하니 말이다. 하지만 아직 학교가 가기 싫은 학생들이 있다면 꼭 가고 싶어야 하는 건 아니라는 것도 말해 주고 싶다. 다만 그 아픈 마음을 엄마, 아빠 때론 선생님이나 친구들과 나누면 그 싫다는 마음의 축이 조금은 가벼워지지 않을까 조심스레 권해 본다. 너희는 좋다가도 싫고 싫다가도 좋아질 수 있는 많은 날이 있으니까. 아직 너희는 어른이 돼 보지 않았지만, 어려도 봤던 내가 하는 말이니 좀 믿어 주면 안 되겠니?

독서활동지

▷ 엄마의 어린 시절에 대해 들어 본 적이 있나요? 없다면 지금이라도 엄마에게 질문해 보고, 인상적인 이야기 하나를 적어 봅시다.

....

....

▷ 「굳은살」(38p)에서 딸은 물감과 붓을 잡아 가운뎃손가락이 휘어지고 단단하게 박인 굳은살을 "내 영광"이라고 자랑스러워합니다. 무언가를 성취하기 위해 노력하여 얻은 나만의 '굳은살'(신체적, 또는 정신적 노력의 흔적)이 있다면 거기 어떤 이야기가 담겨 있는지 적어 봅시다.

....

....

....

▷ 「갱년기 대 사춘기」(60p)는 "얼굴이 붉게 달아오른 엄마"(갱년기)와 "온몸에 마그마를 품고 있는 중2병 남동생"(사춘기) 간의 갈등을 "두 활화산"에 비유하고 있습니다. 부모님과 갈등을 겪게 된 경험을 떠올려 보고 원인과 결과를 적어 봅시다.

....

....

....

....

▷ 「저기서 핀 꿈」(62p)은 청소년들의 다양한 꿈(가수, 화가, 선생님, 프로
게이머 등)이 "여기저기서 피었으면 좋겠구나"라고 응원하는 시입니다.
내가 꾸고 있는 꿈을 적어 보고, 꿈을 이루기 위해 지금 당장 시작할
수 있는 작은 행동은 무엇일지 생각해 봅시다.

....

....

▷ 「참 잘 살 거야」(79p)에서 딸은 "술, 담배 하는 아빠랑은" 다른 사람과
결혼해 엄마처럼 잔소리하지 않고 잘 살 것이라고 말합니다. 반면 엄
마는 그 사람이 "성인이 되지 않으면 좋겠다"고 농담합니다. 내가 생각
하는 '참 잘 사는 어른'의 모습은 어떤 것이며, 그런 어른이 되기 위해
버려야 할 모습과 지켜야 할 가치는 무엇인지 생각해 봅시다.

....

....

....

▷ 「천천히 빨리, 빨리 천천히」(102p)에서 엄마는 지각할까 봐 걱정하는
딸에게 "천천히 빨리 먹어/천천히 빨리 가"라고 말합니다. 이에 딸은
"도대체 어떻게/천천히 빨리하냐고요" 반문합니다. 부모님의 조언이나
기대 중 이처럼 서로 상반되거나 현실적으로 불가능하게 느껴졌던 요
구가 있었다면 적어 보고, 그 요구 이면에 담긴 부모님의 진정한 마음
은 무엇이었는지 생각해 봅시다.

....

....

....

▷ 「헐크의 여름」(67p)에서 엄마는 잔소리할 때 목청이 천둥소리 같고 손등에 파란 힘줄이 불끈불끈 솟아 있는 강한 '헐크'처럼 보이지만, 정작 한여름에 몸살이 났을 때는 이불을 뒤집어쓰고 앓아눕는 연약한 존재로 그려집니다. 평소에 보았던 부모님의 강한 모습(책임감, 꾸준한 노동, 잔소리 등) 뒤에 숨겨진 부모님의 연약함이나 고통을 포착한 경험을 떠올려 봅시다.

....

....

....

▷ 「화해 용어 사전」(77p)에서 화자는 엄마와 싸운 후 화해하는 방법이 "저녁밥 뭐 먹고 싶어?"라는 질문이라고 합니다. 부모님이나 가족들과 갈등이 있을 때, 혹은 친구와 다퉜을 때 미안하다는 말 대신 화해할 수 있는 방법이 뭘까요?

....

....

....

....

....

....

....

....

▷ 시집에서 찾은 인상적인 시 구절 세 개를 적어 보세요. 그 구절을 이
용해서 친구에게 시집을 소개하는 짧은 글을 적어 봅시다.

....
....
....
....
....
....
....
....
....
....

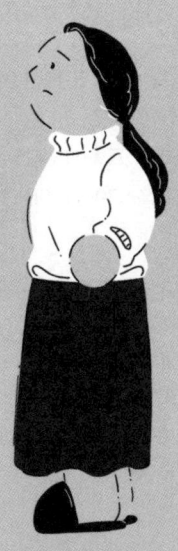

너는 아직 어른이 돼 보지 않았지만
2025년 11월 14일 1판 1쇄 펴냄

지은이   박희선
펴낸이   김성규
감수   김남극 하상만
편집   조혜주 최주연 권은하 한도연
디자인   신혜연
펴낸곳   쉬는시간
주소   서울 마포구 동교로 17길 65, 501호
전화   02 323 2602
팩스   02 323 2603
등록   2019년 9월 3일 제2022-000287호

ISBN 979-11-995416-3-4 44810
ISBN 979-11-984300-0-7   (세트)

* 이 책은 충청북도 충북문화재단 의 후원을 받아 2025 예술창작활동지원사업의 일환
  으로 발간되었습니다.